La marelle magique

Nicolas de Hirsching est un auteur d'origine russe, né à Buenos Aires. Il arrive en France à l'âge de sept ans. Parallèlement à son métier d'instituteur, il écrit des livres pour les enfants, souvent empreints de magie et d'humour. Ses élèves sont souvent son premier public.

Frédéric Rébéna travaille pour la presse et l'édition. Il illustre des histoires pour les enfants, et des bandes dessinées pour les plus grands. Il réalise aussi des couvertures de romans et des pochettes de disques.

Dépôt légal : mai 2019
ISBN : 979-1-0363-0866-6
Loi 49-956 du 16 juillet 1949 sur les publications destinées à la jeunesse

Imprimé en France par Pollina - 88905a

Nicolas de Hirsching • Frédéric Rébéna

La marelle magique

J'AIME LIRE

DANGE
DÉMOLITIO
PROCHAINE

1

La cabane abandonnée

C'était la première fois que Gilles s'approchait de cette vieille baraque. Elle se trouvait dans un terrain vague où personne n'avait le droit d'entrer ; de toute façon, il y avait tellement de boue autour qu'on ne pouvait y jouer sans se salir.

Ce matin-là, Gilles a eu l'idée de mettre ses pieds dans deux sacs en plastique : ainsi, il ne s'est pas fait une seule tache en traversant le terrain.

Le voilà maintenant devant la cabane. Les vitres sont si sales qu'on ne voit rien au travers. La porte est fermée par un lourd cadenas. Impossible d'entrer. Mais en faisant le tour par-derrière, Gilles trouve une fenêtre qui a un carreau cassé. Il passe la main par le trou, tourne la poignée et pousse. La fenêtre s'ouvre d'un coup. Gilles saute à l'intérieur.

Dans la cabane, il fait sombre, ça sent le moisi. Les meubles sont couverts de poussière.

Un miroir est accroché à un mur, mais il est si haut que Gilles doit grimper sur une chaise pour s’y regarder. Il s’amuse à se faire des grimaces, puis il redescend. C’est alors qu’il remarque la marelle.

C’est une marelle toute simple, avec cinq cases seulement entre le ciel et la terre, et elle est dessinée en vert, un vert brillant, un peu phosphorescent.

Gilles se demande qui a bien pu avoir l'idée de jouer à la marelle dans un endroit pareil. Et puis, comme il n'a rien d'autre à faire, il décide d'y jouer lui aussi.

À côté de la marelle, il y a un gros caillou plat. Gilles le ramasse et sursaute : le caillou est tiède, presque chaud dans sa main. « C'est peut-être le soleil qui l'a réchauffé ! » se dit-il.

Gilles lance le caillou dans la première case de la marelle. Il saute par-dessus, et fait l'aller et retour à cloche-pied. C'est drôle, il a l'impression d'avoir des fourmis dans les jambes… Il envoie ensuite le caillou dans la deuxième case et recommence son circuit.

Après ces deux tours, il s'arrête pour souffler un peu. Il se tourne vers le miroir, et soudain il lâche son caillou : ce n'est plus la tête d'un petit garçon qui se reflète dans le miroir : c'est celle d'un jeune homme de vingt ans !

2

La marelle magique

Gilles regarde derrière lui, mais il n'y a personne. Il est seul dans la cabane. Et c'est bien son visage qu'il voit dans le miroir, seulement il a terriblement changé ! D'ailleurs, tout son corps a changé. Ses bras ont grandi, ses épaules se sont élargies et ses jambes se sont allongées. Il n'a même plus besoin de monter sur la chaise pour se regarder.

« Qu'est-ce qui m'arrive ? se demande-t-il. Il y a quelques secondes, j'étais petit, je jouais à la marelle… La marelle ! C'est peut-être à cause d'elle ? »

Gilles est désespéré. Il sanglote :

– Je veux redevenir comme avant ! Mais comment faire ?

Tout à coup, il a une idée : « Si je joue à l'envers, peut-être que la marelle me fera rajeunir. »

Plein d'espoir, Gilles reprend son caillou et, cette fois, au lieu de commencer par la première case, il vise la deuxième.

Le cœur battant, il fait son tour, puis il joue la première case. Quand il a terminé, il se précipite vers le miroir. Mais il sait déjà qu'il a gagné : le miroir est trop haut pour lui, de nouveau ! Il a besoin de grimper sur la chaise pour se regarder.

Gilles s'assoit, les jambes tremblantes. Les idées tourbillonnent dans sa tête. « Incroyable, cette marelle ! Et finalement c'est amusant d'y jouer puisqu'on peut redevenir comme on était avant ! »

Gilles a très envie d'essayer encore une fois, juste pour voir. Il hésite quelques instants, puis il se décide. Il lance le caillou dans la première case, et repart à cloche-pied.

Il joue ensuite la deuxième case, après quoi, il s'arrête. De nouveau, il a senti des fourmillements dans ses jambes, et de nouveau il s'aperçoit qu'il a grandi.

Bien sûr, il pourrait continuer à vieillir en jouant les autres cases, mais il n'en a pas envie. Il se sent assez fort comme ça.

Alors, d'un bond, il franchit la fenêtre.

Quand il se retrouve dans la rue, Gilles ne peut pas s'empêcher de rire. Tout lui semble différent. Tout est à sa taille. Les voitures lui arrivent à la poitrine. Il n'a plus besoin de se hisser sur la pointe des pieds pour regarder les affiches. Les gros chiens qui lui faisaient peur ne sont plus que de gentils toutous. C'est comme si le monde avait rapetissé. Mais Gilles sait que c'est lui qui a changé, il est devenu une grande personne, un adulte !

TV

3

Le grand Gilles

Gilles sent qu'il va passer une journée merveilleuse. Il a rendez-vous avec ses copains au parc, mais il n'y va pas : maintenant qu'il est grand, il veut en profiter. Il entre dans une librairie, il feuillette des revues, et personne ne lui dit : « Ce n'est pas pour toi, mon petit ! »

Il va dans un grand magasin, il essaie des jouets, et les vendeurs ne lui disent plus : « Enlève tes pattes de là ! » Au contraire, ils lui demandent :

– Voulez-vous essayer encore ce modèle, monsieur ?... Ou plutôt celui-là ?

Gilles visite comme ça des tas de boutiques. C'est fou ce qu'on va loin quand on a de grandes jambes. Il se sent bien. Il a l'impression que le monde lui appartient. « Elles en ont de la chance, les grandes personnes ! » pense-t-il.

Soudain, une main se pose sur son épaule. Gilles se retourne. Il voit un homme mal rasé et mal habillé, qui a l'air affreusement triste. L'homme tend la main en demandant :

– Monsieur, vous n'auriez pas un euro ? Je n'ai plus de travail, mes enfants ont faim. S'il vous plaît…

Gilles sent sa gorge se nouer. C'est la première fois qu'on lui demande ça. Il fouille dans ses poches et sort la seule pièce qu'il y trouve.

– Merci ! dit l'homme. Et excusez-moi !

Gilles poursuit sa route, le cœur serré. Il ne sait plus très bien où aller.

Tout à coup, au milieu de la rue, il aperçoit un chien qui traverse lentement, sans se rendre compte qu'un camion lui fonce dessus.

Gilles s'élance, attrape le chien par le collier et le tire sur le trottoir. Le camion les frôle, mais le chien est sauvé.

Gilles se baisse pour le caresser. C'est un vieux toutou qui a l'air bien fatigué. Tout son corps tremble, ses oreilles pendent lamentablement et ses yeux sont mouillés de larmes.

– Tu as de la chance ! lui dit Gilles. D'habitude, je ne cours pas aussi vite !

Le chien lui lèche la main. Sur son collier, il n'y a pas de nom. C'est sûrement un chien abandonné.

– Viens avec moi, si tu veux ! Au moins, tu ne risqueras rien. Tu as l'air si vieux que je t'appellerai Papy.

Gilles se redresse pour partir, mais il reste figé sur place : mademoiselle Agnès, la fille de sa maîtresse d'école, est devant lui ! C'est une belle jeune fille de vingt ans, avec des yeux noisette et un très joli sourire. Elle vient souvent à l'école pour chercher sa mère. Chaque fois qu'il la voit, Gilles devient tout rouge, et ses copains se moquent de lui : « Oh, l'amoureux ! Oh, l'amoureux ! »

Cette fois encore, Gilles sent ses joues chauffer. Il essaie de prendre un air tranquille, quand soudain mademoiselle Agnès s'approche en disant :

– Oh, mais je crois que je vous connais !

Gilles ne sait pas quoi répondre. Il pense : « Ça y est, elle m'a reconnu, elle a découvert mon secret. »

4

Mademoiselle Agnès

La jeune fille observe attentivement Gilles, et elle lui demande :

– Vous n'êtes pas le grand frère de Gilles, un élève de ma mère ? Vous lui ressemblez vraiment beaucoup !

Gilles est soulagé. Mais, toujours très intimidé, il bredouille :

– Vous… vous connaissez mon frère ?

– Oui, je l'ai déjà vu. Et ma mère me parle beaucoup de lui. Il paraît qu'il est très remuant en classe, ajoute-t-elle en souriant.

Gilles ne répond pas, il cherche un moyen pour retenir mademoiselle Agnès. Il se souvient d'un film qu'il a vu récemment, et il propose, en imitant un acteur :

– Vous voulez boire un verre avec moi ?

La jeune fille est surprise, mais elle accepte. Ils vont s'asseoir tous les deux à la terrasse d'un café. Mademoiselle Agnès commande un jus d'orange et Gilles prend un diabolo-menthe.

Au début, la discussion tourne autour du « petit frère » de Gilles. Gilles essaie d'expliquer pourquoi son petit frère n'a pas toujours de bons résultats en classe. Il raconte qu'en vérité, le gamin se donne beaucoup de mal et, surtout, qu'il adore sa maîtresse !

Mademoiselle Agnès écoute Gilles avec un air amusé.

– Vous le défendez très bien, votre petit Gilles ! On voit que vous l'aimez beaucoup !

Puis elle se met à parler d'elle-même. Elle raconte qu'elle étudie pour devenir journaliste. Elle imagine les voyages qu'elle fera. C'est fou, toutes les choses qu'elle connaît !

Gilles est tellement heureux d'être assis près d'elle qu'il voudrait que ça dure toujours.

Mais la jeune fille regarde sa montre et se lève brusquement :

– Déjà six heures ! Il faut que je rentre. Merci pour le jus d'orange et au revoir ! Car j'espère qu'on se reverra !

Mademoiselle Agnès disparaît dans la foule, et Gilles reste seul, l'air rêveur. Sous la table, quelque chose bouge. C'est Papy, le vieux chien, qui remue la queue.

Gilles lui tire gentiment les oreilles.

– Tu es là, toi ? Espèce de curieux !

Le chien baisse la tête, l'air penaud. Gilles se lève pour partir, mais quelqu'un l'appelle :

– Hep ! Vous, là-bas !

C'est le serveur du café qui arrive en courant. Il semble furieux.

– Monsieur ! Vous n'avez pas payé vos consommations !

5

Rien ne va plus !

Gilles est tout embarrassé. Il met la main dans sa poche, mais aussitôt il réalise qu'il n'a plus un sou sur lui.

C'est épouvantable. La police va venir et on l'emmènera peut-être en prison ! Il se voit déjà enfermé dans une horrible cellule avec un tas d'autres détenus. Pourtant, il n'est qu'un petit garçon de neuf ans, mais s'il disait ça, personne ne le croirait !

Gilles continue de fouiller ses poches, et puis, comme le serveur détourne les yeux, il en profite pour s'enfuir à toute allure. Il entend le ser-

veur et les clients du café qui crient derrière lui :

– Arrêtez-le ! Au voleur ! Police !

Gilles bouscule les passants qui essaient de le saisir. Il court, il court de toutes ses forces. Le sifflet d'un agent résonne à ses oreilles. Il redouble de vitesse. Au bout d'un quart d'heure de course effrénée, Gilles s'aperçoit qu'il s'est débarrassé de ses poursuivants. Alors il s'arrête sous une porte cochère pour se reposer. Il se sent mal. Il est furieux et honteux à la fois.

Dans la rue, les réverbères s'allument, la nuit tombe. Avec tout ça, Gilles n'a pas vu le temps passer. Il faut qu'il retourne chez lui avant que ses parents rentrent du travail. Mais d'abord, il doit aller à la cabane pour jouer à la marelle et retrouver sa taille de petit garçon. « Je n'aurais jamais eu tous ces ennuis si j'étais resté un enfant ! », pense-t-il.

Un gémissement lui fait tourner la tête. À quelques mètres de là, Papy est couché sur le trottoir, la langue pendante. Il a l'air complètement épuisé.

– Mon pauvre vieux Papy ! lui dit Gilles. Tu as dû t'en donner du mal, pour me suivre !

Gilles se baisse. Il prend le chien dans ses bras et il le soulève avec tendresse.

L'animal ferme les yeux, comme un bébé qu'on berce. Gilles l'emporte vers le terrain vague.

Dans la cabane, il fait noir comme dans un four, on distingue à peine les meubles.

Heureusement, Gilles se souvient qu'il y a un paquet de bougies sur une étagère. Il en allume plusieurs. Pendant ce temps, Papy va se coucher

dans un coin. Il a une drôle de respiration, un peu comme un sifflement. Gilles pense, inquiet : « Je demanderai à Papa de le soigner. Mais d'abord, il faut que je retrouve ma taille normale. »

Il baisse les yeux vers le sol. Alors un frisson glacé lui parcourt le dos et ses jambes se mettent à trembler : la marelle n'est plus là ! Gilles écarquille les yeux. Il approche une bougie du sol, mais il n'y a aucun doute, la marelle a disparu.

Gilles est paniqué. Que va-t-il devenir sans la marelle ? Il ne peut quand même pas rentrer chez lui comme ça !

Ses parents ne vont pas le reconnaître, et ils ne croiront jamais à son histoire ! Mais le pire, c'est que Gilles n'a aucune envie de rester grand. Il a un tas de choses à apprendre avant de devenir un adulte. Il réfléchit très fort et se dit : « Peut-être que si je fabrique moi-même une marelle, ça marchera aussi bien ? »

Gilles prend une bougie et dessine une nouvelle marelle avec de la cire. Il joue deux tours, en commençant par la deuxième case et en terminant par la première.

Hélas, à la fin du parcours, rien n'a changé, il a toujours vingt ans ! Désespéré, il se laisse tomber par terre et se met à pleurer, tandis que Papy s'approche de lui et lui lèche le visage.

5
3
4
2

6

Le caillou vert

Brusquement, comme s'il avait reçu un ordre, le chien fait demi-tour et file sous la table. Il revient en tenant quelque chose dans sa gueule : c'est le caillou avec lequel Gilles a joué à la marelle ce matin. Le caillou brille faiblement. « Tiens, je ne m'étais pas aperçu qu'il était vert ! se dit Gilles. Vert comme la marelle, un peu phosphorescent. » Une idée se faufile dans sa tête. Il prend le caillou et, d'une main tremblante, il trace une autre marelle.

Le caillou s’use vite, comme une craie sur un tableau noir, et lorsque Gilles a fini, il ne lui en reste plus qu’un petit morceau. Malgré tout, il s’en sert pour jouer. Au moment où il s’apprête à sauter, Papy pousse un cri plaintif.

– N’aie pas peur ! lui dit Gilles. Je ne risque rien. Viens avec moi, si tu veux !

Papy hésite un instant, puis il saute dans les bras de son ami. Gilles commence le jeu. Son cœur bat très vite. Pourvu que ça marche !

Il lance le petit caillou dans la deuxième case, puis dans la première. Il sent des fourmis dans ses jambes.

Quand il arrive au bout de la marelle, quel bonheur ! Le miroir est redevenu trop haut, et Gilles sait ce que ça veut dire. Il remonte quand même sur la chaise pour vérifier. La tête qu'il voit dans la glace est bien celle d'un garçon de neuf ans.

Gilles se sent heureux, heureux ! Et il éclate

de rire en voyant qu'il n'est pas le seul à avoir changé : Papy est devenu un jeune chiot frétillant, qui bondit comme s'il avait des ressorts sous les pattes !

– Papy ! Papy ! Comment est-ce que je vais t'appeler maintenant ? lui dit Gilles en le serrant dans ses bras. Poppy, ça te va ?

Sans plus attendre, il glisse le petit chien dans son blouson et enjambe la fenêtre.

Quand il arrive à la maison, ses parents sont déjà là.

Sa mère le gronde :

– C'est à cette heure-ci que tu rentres ? On ne peut pas compter sur toi ! Tu ne grandiras donc jamais ?

Gilles sourit en ouvrant son blouson :

– Ne te fâche pas, Maman. C'est à cause de Poppy, mon nouveau copain…

Deux mois plus tard, la cabane a été démolie. Sur le terrain vague on a construit un grand immeuble blanc. De temps en temps, Gilles passe devant, et il repense à son étrange aventure. Mais c'est seulement lorsqu'il voit mademoiselle Agnès à la sortie de l'école qu'il la regrette un peu, sa marelle.

Dans la même collection

Mystère et chocolat
Jean Alessandrini, Guillaume Long

La villa d'en face
Boileau-Narcejac, Anne Simon

Victor, l'enfant sauvage
Marie-Hélène Delval, Sacha Goerg

Mon copain bizarre
Jean Guilloré, Serge Bloch

C'est dur d'être un vampire
Pascale Wrzecz, Boiry

Les cent mensonges de Vincent
Nicolas de Hirsching, Guillaume Plantevin

L'île aux pirates
Arnaud Alméras, Joann Sfar

Le mariage de Mémé sorcière
Évelyne Reberg, Mérel

Le mégatruc
Céline Claire, Guillaume Long

L'invitée royale
Marie Vaudescal, Irène Bonacina

Ma copine Vampirette
Ségolène Valente, Emmanuel Ristord

La bataille des slips
Anne-Isabelle Lacassagne, Fred Benaglia

Le cross des écoles
Jean Tévélis, Benjamin Bachelier

Le mot interdit
Nicolas de Hirsching, Claire de Gastold

L'Indien qui ne savait pas courir
Leigh Sauerwein, Urs Landis

Une grand-mère au grand cœur
Marie-Christine Hendrickx, Grégory Elbaz

L'atroce monsieur Terroce
Nicolas de Hirsching, Serge Bloch

Une petite bête chez Vampirette
Ségolène Valente, Emmanuel Ristord

Sauvons la maîtresse
Nicolas de Hirsching, Pierre Van Hove

L'enfant bleu
Jean-Marc Ligny, Sébastien Pelon

Noël à tous les étages
Marie-Aude Murail, Boiry

Les trois étoiles
Gwenaëlle Boulet, Aurélie Neyret

Une petite sœur tombée du ciel
Jo Hoestlandt, Frédéric Rébéna

L'oncle Giorgio
Marie-Aude Murail, François Maumont

Kazué et le musicien
Patricia Berreby, Cécile Carre

L'espionne
Marie-Aude Murail, Frédéric Joos

Une nuit à Vampire Park
Ségolène Valente, Emmanuel Ristord

L'espionne fonde son club
Marie-Aude Murail, Frédéric Joos

Ma mémé sorcière
Évelyne Reberg, Mérel

La maîtresse est amoureuse
Jo Hoestlandt, Clotka

Mon aventure sous la terre
Jean-Marie Defossez, Didier Balicevic

Vacances de FOOT!
Elsa Devernois, Laurent Audouin

La lettre mystérieuse
Véronique Massenot, Aurélie Guillerey

L'espionne à votre service!
Marie-Aude Murail, Frédéric Joos

Coup de théatre à l'école
Jo Hoestlandt, Denise et Claude Millet

La charabiole
Fanny Joly, Denise et Claude Millet

La sorcière habite au 47
Nicolas de Hirsching, Églantine Ceulemans

Rentrée chez les sorciers
Anne Rivière, Philippe Diemunsch

Les Pâtacolors, j'adore!
Fanny Joly, Denise et Claude Millet

L'espionne joue à l'espion
Marie-Aude Murail, Frédéric Joos

La nuit des héros
Yann Bernabot, J.-E. Vermot-Desroches

Le tour du monde de Nino
Martine Dorra, Matthieu Blanchin

Nartouk, le garçon qui devint fort
Jørn Riel, Antoine Ronzon

Qui a kidnappé le Père Noël ?
Rémi Chaurand, Nob

Le hamburger de la peur
Anne Schmauch, Nicolas Hubesch

Il était trois fois
Elvire et Marie-Aude Murail, Lucie Durbiano

L'espionne est sur une piste
Marie-Aude Murail, Frédéric Joos

Tous à la plage avec Vampirette
Ségolène Valente, Emmanuel Ristord

La marelle magique
Nicolas de Hirsching, Frédéric Rébéna

Mon amie d'Amérique
Anne-Laure Bondoux, Sixtine Dano

L'espionne veut la vérité
Marie-Aude Murail, Frédéric Joos